KB154739

꿈꾸는 것들은 뇌사가 없다

꿈꾸는 것들은 뇌사가 없다

1판 1쇄 인쇄 2022년 11월 25일
1판 1쇄 발행 2022년 11월 30일

지은이 최민수

발행처 문학의숲
발행인 고찬규

신고번호 제2005-000308호
신고일자 2005년 10월 14일

주소 (04029) 서울특별시 마포구 양화로7길 84 영화빌딩 4층
전화 02-325-5676
팩스 02-333-5980

값은 표지에 있습니다.
ISBN 979-11-87904-37-3 03810

꿈꾸는 것들은 뇌사가 없다

최민수 시집

문학의숲

■ 시인의 말

우리는
일회용 컵.
짐승의 가죽으로 만들어져
조금 더 질길 뿐,
언젠가 버려질 것을 안다.

구멍 난 가죽 컵에서
뜨거운 것이 삐져나온다.

2022년 늦가을

목차

칠석의 강

여기서는 아무도
서로의 이름을 부르지 않는다
슬픔이 수시로 돋아나도
길은 여전히 찬란하고
공중에 몸을 던진 별들이
엄숙히 흩어지는 하늘
여름이 가고 직녀야
우리 서로 쉬이 잊지 못하는 사람이나 될까
하나 남은 믿음이 새벽에 젖도록
쓸데없는 일 모두 다 잊고서는

동화처럼 강물이 흐른다
늙은 산은 가뭄보다 더 깊이 엎드려
더는 벌레를 울리지 않는
여름이 가고 나무야
우린 얼마나 떨려야 잎새를 지울 수 있느냐

우리는 천천히 살아갈 것이다

서로의 이름을 부르지 않는 이곳에서
생의 고단한 썩음과
단순한 탄력을 수런대며
하나 남은 사랑이
저녁강을 남몰래 끌어안을 때까지

서해에 오면

서해에 오면
떠나와 이른 곳이
삶의 끝이라는 생각도 잠시뿐
걸어온 길보다
더 멀게 이어진 길 갯벌을
저 혼자 걸어가는 마음이 보인다
한동안 마음은 밀물에 들고
어지러운 발목들로 쑤석여 온 굴헝
세월을 아는
목선의 가슴에 기대어 본다
말해주는 서해,
누군들 여기
진흙 밟으며 걸어오지 않은 사람 있겠나
끝없이 막막한 날들의 끝에 서면
게 한 마리 닮은
일생의 옆걸음 없었겠나
어느 길을 걸어왔어도
사람은 살아남아 있으라고

서해,
갯벌에 묶인 물 풀어 놓으면
포구의 목선 하나 가슴이 젖는다

위성 접시 안테나를 바라보고 있으면

어둠이 깊어가는 청하 맨션 발코니에 매달려
적막한 우주를 경청하고 있는
위성 접시 안테나를 바라보고 있으면
머리카락들이 초고속 光섬유처럼 쭈뼛거리고
나는 단박 화성이나 목성을 향해
날아가는 듯하다 온종일
하늘을 귀 기울이고 있는 녀석의 넉넉한 고막엔
어떤 신비로운 내용들이 꿈틀대고 있을까
북두칠성은 길 잃은 별들에게
따듯한 국 한 그릇 퍼주는 것 같고
은하수들의 저 빛나는 집회는
지상에서 버림받은 소망들의 오랜 단결만 같다
스산한 마음에 담배를 꺼내 물고
아득한 발코니에 저녁燈마저 꺼지면
어디선가 조금씩 조금씩
태양이 식어가는 소리,
신천지를 찾아 떠난 탐사선의 브레이크가
자꾸만 삐거덕대는 소리,

불현듯, 수천만 개의 불붙은 별들이
구멍 난 지구를 좇아 달려들고
그 불덩어리 중 하나가
가난한 나라 굶주린 아기의 젖 빠는 속력으로
오대양 육대주를 들이받는 소리,
언젠가 북경반점에서 배달된 탕수육 그릇처럼
둥글고 오목한
위성 접시 안테나를 바라보고 있으면
지난날 해맑은 꿈들과
이제는 지쳐버린 희망이
수신되지 않는 주파수로 몸 밖을 떠돌아다닌다

바다의 꿈

바다는 멀지 않은 곳에 있었다
빈 마음들이 쌓아 놓은 짐꾸러미에 이따금
걸음이 겹질리는 언덕 너머
당신이 잡아 온 조개들의 완강한 침묵,
침묵으로 물고 있는 혓바닥 속에
바다는 그렇게 부드럽게 있었다
아침이 오면 저녁 내내
우리들의 식기에서 떨어져 나간
밥알들을 세어 보며
가라앉는 꿈,
흘러간 꿈으로만 있었다
적시고 밀어내는
부드러운 절망의 거품,
당신이 악착같이 끌고 온 게들의 목덜미 가득
부글부글 헛꿈만 부풀리고 터뜨리며

당신만은 괜찮았으리
서둘러 옷을 갈아입던

휘청이는 날들의 끝에 서서
막막했을 가슴의 살점 한 번쯤
옷깃 여미지 않아도 괜찮았으리
털어대던 욕망의 사타구니 꺼내 놓아
떨리도록 상쾌했으리
다만
떨리며 떨리며
뿌리 없이 흔들리는
지난날은 퍽도 아름다웠을 바다,
당신의 꿈

꿈꾸는 것들은
뇌사가 없다

무를 썬다
채칼에 찢겨 나가는 몸통,
시뻘건 고춧가루에 버무려져
상처가 쓰리다 뭉텅뭉텅,
머리만 남아 있다 그러나
짜디짠 생활의 손아귀 밑반찬이 부족해도
머리는 토막 내지 않는다
삼켜버리기엔 너무나 단단한
추억의 창고

그곳에 무의 뿌리가 있다
싱그러운 햇살의 아침,
캄캄한 어둠을 일구던 저녁이 있다
해충들과의 고단한 싸움,
나비와 벌들과의 즐거운 한때도 고여 있다
그 잊을 수 없는 날들의 힘으로
무의 머리는 푸르다

접시 물에 무의 머리를 담가 놓는다
볕 바른 창문 아래
푸근한 단꿈의 자리를 깔아 준다
오래지 않아 무는 싹을 틔울 것이다
찢겨 나간 쓰린 자국의 몸통을
활짝, 열어젖힐 것이다

비에 젖은 지구의

옆집이 이사 가며 골목에 내다 버린
종이로 만든 모형 지구,
비를 맞고 있다 북극과 남극이 뒤집힌 채
쓰러져 있는 지구
똑바로 세워 놓고 들여다보니
로키산맥이 심하게 부풀어 있다
알래스카 부근에서 멕시코 쪽으로 길게 이어져 내린
北아메리카의 거대한 병풍이
몇 리터의 빗방울에 쪼글쪼글해진 것이다
빗줄기는 곧 남미의 안데스를 넘어
오래전 국가파산을 선포한 아르헨티나를
수장시킬 태세
유럽은 폴란드와 루마니아 부근이
축축해지는 중이고
땅바닥에 닿아 있던 아시아는 흙탕물 투성
공교롭게도
한반도 중간쯤에 진흙이 엉켜 있고,
유럽과 아프리카 아시아가 서로 얼굴을 맞대고 있는

베들레헴 쪽에서 바라본 지중해만
간신히 뽀송하다
지금은 사회주의를 포기한 러시아를
UNION OF SOVIET SOCIALIST REPUBLICS로
표기해 놓은 지나간 날들의 지구의
집으로 들고 와
구석구석 물기를 닦아낸다 드라이기의 훈훈한 열풍으로
부풀어 오른 산맥들을 다독이며 가라앉힌다
가난과 전쟁으로
몇 개의 나라가 사라지고
이름이 뒤바뀐 사실도 모른 채
남반구의 한가운데 구멍이 뚫려 허전한
낡고 오래된 모형 지구
나사가 느슨해진 자리들을 꼼꼼히 조여 놓았지만
비에 젖어 덜그럭거리는 중력重力은 좀처럼
팽팽해지지 않는다

아버지의 밥

아버지가 해 놓은 밥은 따듯했다
아버지가 밥을 해 놓으면 나는 먹었다
아버지는 칠십 살 나는 서른 살
사십 년이면 강산이 몇 번을 씻겨지고
물 버리고 가라앉고 뜸 들고 익혀지고
식어갔다 쉬어버렸다
오랫동안 아버지의 밥을 얻어먹었다
아버지의 밥은 떠돌았던 세월만큼
장작도 되었고 화롯불도 되었다
110V도 되었고 220V도 되었다
봄이었거나 겨울이었거나
아랫목에 있거나 부엌에 있거나
쌀밥이었거나 콩밥이었거나
가출했거나 돌아왔거나
사랑했거나 실연했거나
아버지의 밥이 식은 적은 없었다
밥 속에는 아버지가 있었다
이빨 아픈 돌로 있었다

죽이 되어 있었고 설익은 콩으로 있었다
아무래도 아버지는 밥이었고
나는 그 밥을 씹었다
속 쓰린 날들의 위장에서 아버지는 삭혀졌다
아버지는 흘러갔다 아들의 똥 속으로 흘러갔다

딸에게 읽어주는 동화

때로는 힘겨워 지친 날이면
누워서 우린 동화를 읽지
팔베개를 만들어
동그랗게 머리를 고여 놓고는
헨젤과 그레텔
콩쥐와 팥쥐의 옛날 옛날을
누워서 우린 귀를 모으지
녹슬고 때 묻은 아빠에게는
착하고 나쁘다는
싱거운 이야기지만
마음이 약한 네 눈빛은
이맘때쯤 촉촉해지고
그러나 우린 울지는 않지
찢겨 나간 오래된 책의
알 수 없는 글자들을
꿰매고 수리하면서
끝내는 아름다운 사람이
행복해진다는

하나도 어렵지 않은 세상
누워서 우린 다짐을 하지
팔베개를 누르고 있는
네 생각의 어린 무게가
저 먼 옛날을 들려줄 때마다
조금씩 부풀어 오르는 저녁
누워서 우린 동화를 읽지

조개의 연륜

조개를 굽다가
참숯불에 덜덜 떨리는 조개의 몸뚱이
물결이 고여 있던 자리
파문波文을 들여다본다
생각에 잠겨 키를 돋우던
겹겹의 시간들이
빨래판처럼
층층을 번갈아 쌓아 놓은 시루떡처럼
자기의 발육을 스크랩해 놓았다
살아온 생애
뒤척임의 흔적
고스란히 제 몸에 적어 놓은
조개의 성실한 고백,
조개를 뒤집으며
속살이 익어가길 기다리면서
참숯불 위에 노릇노릇 익어가는
조개의 연륜을 듣는다

十月

열 개의 달月이 모여 네가 되었지
우리도 어머니 뱃속에서
네가 되길 기다렸지
그래서 시월이 오면
아랫배가 꿈틀대고
막 밖으로 빠져나가고 싶은 거야
풍경들이 눈앞에 살랑대고
무르팍에서 떠돌이 바람이 부는 거야
온 세상 단풍 들어
가슴 시린 시월이 오면
막 나를 몸 밖으로
저 깊어가는 골짜기로
왈칵, 쏟아버리고 싶은 거야

리모컨이 없으면 불안해

그 옛날 아주 먼 옛날
까맣고 하얀 것만 나오던 테레비는
무릎걸음으로 기어가 채널을 돌렸지
딸각딸각 돌아가던 경쾌한 소리
소리에서 튀어나오던 참 신기한 세상
하지만 지금은
리모컨이 없으면 불안해
말하는 대로 글씨를 써 주는
컴퓨터는 만들면서
눈만 깜박이면 채널이 바뀌는
테레빈 왜 없는지 몰라
그런 날이 온다면
똑같은 시간에 똑같은 이야기 반복하는
9시 뉴스를 단박에 꺼버리거나
리모컨조차 가누기 힘든 사람들
누구의 도움 없이도
보고 싶은 세상을 만날 수 있을 텐데
하지만 그나마

리모컨이 없으면 불안해
요괴인간 황금박쥐 아톰이 보고 싶어
미칠 것 같던 어린 시절
남의 집 툇마루에 쪼그리고 앉아
테레비를 얻어 보던 그때
제멋대로 채널을 바꾸는
주인집 아이가
얼마나 얄밉고 부러웠는지
아마 나는 지금 그때의 슬픔으로
리모컨을 꼭 쥐고 있는지도 몰라
내가 자라 어른이 되고
깨알 같은 내 아이가 부득부득
리모컨을 붙잡고 건네주지 않는 까닭
천 번을 이해하면서도
자꾸만 자꾸만 빼앗고만 싶은
리모컨이 없으면 정말 불안해

불안한 절약

우리가 토해낸 오물들이
산봉우리처럼 솟아오른 쓰레기봉투에
똥 기저귀 하나를 마저
꾸역꾸역 쑤셔 넣는 여자
바라보는 내 눈이
지레 터져버릴 것 같은 순간
휴, 하며
탁탁 손을 터는 여자

나는 저 능숙한 솜씨에 경의를 표한다
저 경지에 이르기까지
얼마나 많은 한숨과
찢겨 나가는 봉투의 고통을 함께 했을까
아내의 불콰해진 손끝에서
몇 닢의 동전이 반짝인다

아버지의 리모컨

리모컨을 사용할 줄 모르는 아버지는 늘
손가락으로 채널을 짚었다
원하지 않는 화면이 지글거릴 때면
손가락을 원망하기보다
리모컨을 유심히 들여다보곤 했다
그날 아버지는 고향을 보았다
이상한 아이들이 노래를 부르는
채널을 바꾸는 순간
고향 땅을 보았다 아버지
손가락이 움직이지 않았다
힘을 너무 집중해
고향 땅이 지나가 버렸다 아버지는
다시 거꾸로 힘을 주었지만
채널은 자꾸 엉뚱한 곳으로 흘러갔다 아버지는
갑자기 리모컨을 흔들어 댔다
TV가 몇 번 꺼졌다 켜지고
화면은 처음처럼 맑아졌으나
그곳에선 아직도 이상한 아이들이

노래를 부르고 있었다
시간이 지난
통일전망대를 바라보다
아버지는 TV를 껐다
그날, 돌아누운 아버지
베개 밑 깊이 짓눌려 있는 리모컨을 보았다

뼈 없는 닭발

이 세상 다른 어느 곳보다도
굵고 단단한 뼈 있어야 할
그 대학로 먹자골목에
뼈 없는 닭발이 성업 중이다
포장마차란 포장마차 모두 다투어
차림표에 횃대처럼 걸어놓은 안주
소주 한 잔 털어 넣고 씹어보니
과연 부드럽긴 부드럽다
하기야 정열과 신념이
말랑말랑해진 세월이다
지조와 절개가
갖은양념에 버무려진 시대다
그러니 목구멍을 가로막는 뼈
행여나 입천장을 찌를까 불안한 뼈
이제는 삼키려 하지 않는다
소주 한 병을 부리나케 들이켜도
이상하게 취하지 않는 저녁
뼈 없는 닭발이 달착지근 넘어간다
뼈 없는 닭발이 뼈 없는 혓바닥에 친친 감긴다

世上愛

世上愛,
집도 절도 없는 窮民들께서는
귀가 막히다 못해 입도 막힌다
二 나라에서
무지무지 잘 나간다는 農心과 三星이
집구석 문제로 多鬪었다는데
그게 머나먼 남의 동네 死生活인지라
입에 담기도 뭣하지만 사연인즉,
웃음조차 나오지 않는
한강의 弔亡勸 때문이라는데 世上愛,
이게 연일 신문에 오르내리며
제 法 내 法 다투다가 영 시끄러웠는지
農心이 결국 이삿짐을 꾸리기로 결심했다는데 世上愛,
二 개들 가만 보면 다 이유 있는 지랄인 거라
왜냐하면 二 나라 力史이래
農心이 별 셋을 이긴 적 없고,
별 셋 또한
무릎에 흙 묻히고 다니는 땅강아지 따위에게

牛導의 하늘을 주름잡는
지존의 製工權을 양보할 리 만무한 터,
그러니까 農心은 진즉부터
약육강식 적자생존의 법칙을 깨닫고 있었다는 거다
별 셋으로부터 태양과 바람이
별 셋으로부터 구름과 천둥이
별 셋으로부터 오곡 백화가 강림함을
깨닫고 또 깨달았다는 것이다
그러므로 와신상담 길 떠나는 農心이여
그대가 진정 二 나라의 큰 사발이 되려면
"農者 賤하지 大本"의 서러움을 잊지 말고
조망권에 부글대는 속 쓰린 밥상 위에
끗발 좋은 면빨이나 지극정성 끓여 내시게

사랑의 방향

연기는
방바닥에 흘러내린 살점을 들어 올리느라
모락모락 피어오르지 못했다
무겁고 축축한 연기 속에서는
제조 일자가 오래된 가재도구들과
구체적으로 박살 난 술병
그다지 휘발성이 뛰어나지 않은
저가의 중질유 시너가 검출되었다
검시관은
숯이 된 여자의
캄캄한 몸에 고여 있는
조그만 연기까지
면밀히 분석했으나
입증하기 곤란한
소량의 의처증만 수거했다
남자는 불붙은 잠바에서
황급히 빠져나와
오래된 사랑 밖으로 사라졌고
여자의 뻥 뚫린 눈동자는 그쪽을 향해 있었다

빨래판

내 어머니 그 옛날
저 앞에 쭈그리고 앉아
양말을 빨았던가
걸레를 빨았던가
전자동 세탁기 옆 구석에
줄 끊어진 가야금처럼 서 있는 빨래판
골 깊은 주름 사이
비누 쪼가리 하나 박혀 있는

물 먹은 지 언제였던가
방망이 소리 언제였던가
그 소리 떠오르면
지금도 내 마음 아득히 툭탁거리네
가지 말라는 곳 뒹굴다
시뻘겋게 묻혀 온 흙탕물
어머니,
무릎 꿇고 주물럭
허리 펴다 주물럭

이제는 아무도 조율하지 않는
연주자가 떠나간 고요한 곡조

바로 거기

브래지어 끈이 보이지 않는
늙은 여자의 등은 쓸쓸하다
오랫동안 가슴을 끌어당기며 버티던 끈의 자리에
차압 딱지처럼 붙어 있는 파스
어머니는 아직 붙이지 못한 파스와
등짝을 들이밀며
답답한 듯 연신
아니, 거기, 거기 말고, 거기를 하소연한다
거기, 거기가 어딘가?
여기도 아니고 저기도 아닌
어머니의 거기는 어디인가?
오므라든 어머니 등짝에서
거기, 바로 거기를
헤매고 있는 나
내가 매달려있었던 거기
내가 침 흘리고 코 박았던 거기
그러나 너무나 멀고 먼
어머니의 바로 거기

락따나

공업단지 함바집에서 허드렛일하는 락따나
호기심에 다가가 물은 몇 마디

온 지 얼마나 됐어?
일 년 씹개월
한국말 잘하네?
좆끔
좆끔?
예
좆끔이라고 하면 안돼,
예?
잘못하면 욕이야,
욕?
그래, 욕.
…….

락따나,
누군가 다가가면 조심조심

커다란 눈동자 주춤주춤
하지만 락따나
너무 두려워하지 않기를
여기는 너의 조국 타일랜드보다
GNP가 좆끔 높은 나라
네가 떠나온 인도차이나반도보다
딸러 당 환율이 좆끔 유리한 나라

종유석

땅에 닿을 듯 축 늘어져 있는 종유석은
음료수가 공급되지 않는 동굴의 수도꼭지다
누가 거기 혓바닥을 오므려
젖을 빠는지 알 순 없지만
해마다 조금씩 조금씩
길어지고 있는 걸 보면
캄캄한 동굴의 자궁 속엔
아직 더 자라야 할 어린 것들이 가득한가 보다
종유석에 수없이 겹쳐진 저 주름들은
꼭지를 빨아대며 주물렀던 흔적
간혹 시퍼렇게 맺힌 멍울들은
허기짐에 잘못 깨문 잇몸 자국
종유석은 점점 가늘어지면서
점점 뾰족해지면서 야위어가지만
저 바닥에서 무럭무럭 돋아 오르는
어린 석순石筍과의 길고도 먼 만남을 꿈꾸며
오늘도 기꺼이 젖몸살을 앓는 것이다

아파트

사람의 집이 제비집 같아
한살림 들고나는 일이
공중전空中戰이다
창문을 열면 낙화암이고
도둑들에겐 암벽등반이다
저 전망 좋은 벼랑에 오르기 위해
일생을 올인하는 종족이 있다
기를 쓰고 올라가서는
칸첸중가 희망봉에
등기부 등본을 묻어 놓고
조등을 내다 걸고서야
하산하는 종족이 있다
모든 꿈의 종착역인 새들의 나라
우월과 패권의 증명서인 카스트
이제 전망 좋은 베란다에
담배 하나 쭈그리고 앉아
저무는 석양을
하염없이 바라보는 일

사람의 집이 제비집 같아
한여름 지새고
홀연히 떠나야 하는 일

겨울 공화국

– 김수영 式으로

앞이 보이지 않는다, 라는
이 진술은
어떤 형용, 수사도 갖다 붙일 수 없는
생각의 진공 상태,
조국의 위대한 시인였던 그의
은유적 현실이었을 것이다
달나라의 장난도 아니고
공자의 생활난도 아닌
변제는 안 되고
사채만 바꾸고 누워버린 그는
동풍東風에도 서풍西風에도
끝내 일어나지 못했다
어째서 살림살이에는
피의 냄새가 섞여 있는가를,
왜 카드 결재일은 고독해야 하는 것인가를
여보, 당신은
변명조차 할 수 없는 비애悲哀를 아느냐?

방충망에 끼어서
앵앵거리는 파리마냥
안방과 건넛방 사이에서
자기가 있어야 할 자리를 찾지 못하는 딸은
친구를 데려오기 전
아빠의 가택연금을 확인하는걸
깜빡했다 김수영처럼 술 먹고
버스에 치어 죽고 싶어도
합의금을 떠올리면 암만
BMW가 더 낫지 않을까?
궁상을 떠는 아비가
어린 딸도 불편한 것이다
암, 너도 알겠지
실업가失業家인 아비가
무엇을 꿈꾸며 로또를 하는지
왜 아빠의 희망과 절망은
항상 동의어인지
왜 아빠는 폭포처럼
떨어져 죽지도 못하는지,

애수의 소야곡

냉장고를 뒤져
감자 썰고 두부 넣어
된장찌개를 끓여 먹자
마늘님 퇴청이 늦는 날엔
그냥 내가 해 먹자
우선 뚝배기에 반나마 물을 채우고
된장 한 숟갈
딱딱한 감자를 먼저 넣고
파 마늘 다시다 미원은 필수
바지락을 넣어야 시원하지만
시장 가기 귀찮아 멸치로 가름
끓기를 기다리는 동안
밥상을 훔치고
밑반찬을 꺼내 놓고
내 밥은 고봉으로
아이들은 아이들 주먹만큼만
시간은 아홉 시 너머
핸드폰에 찍힌 마눌님 문자
쏘리, 맥주 한잔하고 갈게!

아무려나
내키면 드셔야죠
몸 따로 갈라선 지 언젠지도 모르는
갈증의 집구석
그렇게라도 들이켜야지
이윽고 뚝배기가 보글대면
행주로 감싸 조심조심 옮겨야지
저번 날 어묵 볶다 식용유에 덴 자리
아직도 시큰시큰
잘 먹어주는 아이들
잘 흘러가는 시간
상 물리고 나앉아
리모컨을 만지작만지작
설거지를 할까 말까
나는 나답게
아이들은 아이들답게
시뚝시뚝 배가 부르고
창밖의 장마는 장마답게
새벽 1시를 주룩주룩 흘러가는데

아마도 마눌님의 맥주 한 잔은
도라무깡인지도 몰라
쓰다 만 시를 꿰매고 마름질하다
까무룩 졸음이 밀려오는데
이야~~옹,
현관문을 열고 슬며시 들어오는
새벽녘 암고양이 한 마리

어린이날

나는 어린이다
오늘은 나의 날이고
어제도 내일도 나의 날이다
오월의 싱그러운 물감들이
바람으로부터 숲으로부터
내 유년의 푸른 기저귀로부터 밀려와
죽는 날까지 비린내 나는 어린이다
어린이날 어린 딸은 온종일 만화영활 보고
어린 아빠는 이불 속에서
늙어버린 꿈의 젖을 빨고 있다
젊어서 시인이 되지 못한 죄
그땐 그게 병이 될지 몰랐다
꿈을 버리고 사람을 버리고 책을 버릴 때
그땐 그게 끝인 줄 몰랐다
자기가 자기의 꿈을 내리고
항해를 멈추었으니 나는
늙고 싶어도 늙을 수 없는
박제된 어린애다

봄날 창가에 앉아
끊었던 담배에 불을 붙이며 생각한다
시가 타자에 대한 자기 세계가
궁금해서 어쩌지 못하는 몸부림이라면
온종일 티브이와
아빠의 눈치를 살피고 있는 어린 딸에게
나는 누구인가?
생각의 결절,
마음의 결절,
생활의 살림보다
이념 낭만 예술 따위가 점유하고 있는 공간이 더 많은
이 구질구질하고 비좁은
관념의 공동묘지 속에서
아이들은 무럭무럭 시들고
어른들은 무럭무럭 늙는다

李箱의 房

아내가 퇴근길에 족발을 사 왔소
나는 종일 칩거했던 房을 그제야 나오오
문을 열 때 찌든 담배 냄새가 역겨웠는지
아내가 미간을 찌푸리오
족발은 검붉으오
이즈음 먹구름에다 赤을 加 하면
딱 맞춤한 빛깔이오
아해들은 쫄깃한 부위를 취하지 않소
그것은 족발의 가장 중요한 핵심을
간과한 것이오 아내 역시나
잠시 취하다 손을 놓으오
그러잖아도 족발이 삼삼했고
양이 적어 불안했던 차,
나는 족발을 독차지하고 앉아
정성스레 빨고 핥으오
아내가 그런 나를 물끄러미 바라보오
나는 허허, 눈을 마주쳐주오
상 물리고 쉬게요

나는 아내의 은근짜 채근이 무안해
족발을 싸 들고 일어나오
그리고는 내 방으로 돌아와
마저 빨고 핥으오
문을 닫아걸면
방해받지 않는 이곳이 나는 좋소
간혹 아해들이 들어왔다가
코를 쥐고 뛰쳐나가지만
나는 이곳에서
해와 달
구름과 별
바람과 비를 응시하오
모든 것들이 나에게 오거나
내가 모든 것에게 다가가
나만의 세상을 꿈꾸고 만나오
정돈이 안 된 내 방을
돼지우리라 명명한 아내는 모를 것이오
지금은 내가
번식이 끝나 생식기를 거세당한

늙고 게으른 수퇘지쯤으로나 여겨질 테지만
어느 날 이 방에서
예쁜 아기 돼지들이 태어나면
태도가 달라질 게 분명하오
오늘은 물경 다섯 편의 詩를 作 했소
늘 그리할 작심이오
아내는 돈이 되는 소설을 좋아하지만
어찌 된 일인지 이즈음은 시가 동하오
무슨 상관이겠소
시건 소설이건 하등 무관하오
나는 나만의 꿈을 위해 글을 쓰오
그 꿈이라는 것도 기실
손이 닿을 수 없는 막연한 것이지만
꿈은 그냥 꿈이어서 꿈이고
글은 막다른 골목이 適當하오
각혈은 그만그만하오
아무려나 지금은 족발이 너무 맛있고
창밖은 어느 틈 밤이 깊으오
十三人의 폭주족들이

道路로 疾走하는 소리를 들으며
나는 다시
第 六 號의 詩를 作 하오

룰루랄라, 비데

손도 안 대고 코를 푸는 게 가능해졌다
허리띠를 풀고 치마를 걷고
팬티를 내려야 하는 몇 가지 절차가
아직 해결되지 않은 숙제지만
위대한 영장류는
'똥구멍의 자동세척'이라는
위업을 달성했다
호박잎이나 새끼줄의 까칠함에
괄약근을 씀벅거리던 조상들이
이 광경을 목격한다면
얼마나 기가 막힐 일인가
물줄기는 참 정교하기도 하지
위치와 모양이 저마다 조금씩 다른
이 개성의 시대에
정확히 핵심을 찌르니,
굵거나 짧거나
묽거나 되거나
오차 없이 날아가 닦으니,

이제 손가락들은 무얼 하지?
콧구멍도 귓구멍도
땀구멍도 숨구멍도
모두 자동으로 닦아주면
이제 새하얀 손가락들은
무얼 닦으며 살지?

똥이 될 수 없는 씨

한 무더기 질펀한 똥에
참외 씨들이 다닥다닥 박혀 있다
뼈도 녹여버리는 용광로 위장을
모서리 하나 다치지 않고 통과한 것이다
삼키면 삼키는 대로
똥으로 만들어야 직성이 풀리는
내장들의 무색해진 관습,
씨들은 코를 쥐고 이를 악물었을 것이다
어디를 출발해서
여기까지 왔는진 알 수 없지만
이대로는 똥이 될 수 없다는 오기,
그 단단한 눈빛이
노랗게 반짝이고 있었다
변기의 물을 내리자
소용돌이 속을
정신없이 비틀대는 참외씨들,
그러나 언젠가는
캄캄한 정화조를 빠져나와 기필코
금싸라기 싹을 싸 놓고야 말 참외씨들

백만 불짜리 다리

다리가 미끈하게 쭉 빠져서
백만 불짜리 보험에 가입했다는
그녀의 홈페이지 방문자가
하루 만 명이란다
그러니까 그녀의 다리는
하루 평균 만 번,
이만 개 눈동자들의
애무를 받는 셈이다
아아, 오징어처럼 다리가 주렁주렁 많았으면
그녀는 못내 아쉽기만 하다
하지만 사이버 다리는 맛이 없다
짭조름한 즙도 나오지 않고
불에 구울 수도
마요네즈를 찍을 수도 없다
하루라도 씻지 않으면
고린내 나는 발가락이
다닥다닥 붙어 있지만
날마다 방문객들은 늘어만 간다

애무족들은 입체적이고 사실적인
다리의 섭취를 위해
컴퓨터 모니터를 최신식으로 바꾼다
선명하고 육감적인 화질을 맛보기 위해
채도와 명도를 조절한다
쭉 빠진 다리를 [내 그림]으로 붙어 넣어
확대와 축소를 반복하기도 하지만
막상 다리 위에 붙어 있는
그녀의 상체엔 관심이 없다
그녀는 다리가 아닌
얼굴과 가슴도 봐달라고
틈나는 대로 다리 위쪽을 뜯어고쳤지만
아무도 관심이 없었으며
그녀의 다리조차 그녀가 누구인지
알아볼 수 없게 되었다
지금 그녀의 다리 위쪽은 너덜너덜하다
그럼에도 그녀가 간신히 버티고 서 있는 건
순전히 백만 불짜리 다리 덕분이다

지극히 漢文적인 그녀

중학교 한문 교사인 그녀가
팔짱을 낀 채 창밖을 바라보며
상념이 깊다
숨을 크게 내쉬고 認者無敵을 생각한다
손바닥으로 벌렁대는 가슴을 쓸어내리며
一切唯心造를 상기한다
아직도 귓전에 쟁쟁대는 '쌍년'
조금 전 제자라고 불리는 쥐똥만 한 계집애가
두 눈을 똑바로 뜬 채 내뱉은
'쌍년'
'쌍년' 의 의미를 되새겨 본다
쌍; 常스럽다는 말에서 파생한 된소리
근본이 천하고 낮은 것을 얕잡아 이르는 것
년; 아녀자를 하대하여 이르는 말
고로, 常과 년,
두 낱말이 결합하여 생성된
'쌍년' 이라는 복합어는 그야말로 쌍雙욕이었다
그녀는 다시 한번 숨을 크게 몰아쉬고

因果應報를 생각한다
그동안 쌍년을 들을만한
선생으로서의 잘못이 무엇이었는지
다시 한번 심호흡을 다잡고
치욕의 가슴을 쓸어내리며
大道無門과 塞翁之馬를 되뇌어 본다
청운의 꿈을 안고 교단에 투신한
지나온 세월의 허무,
덧없이 무너져내리는 초발심,
그녀는 다시 한번
툭탁거리는 가슴을 부여잡고 읊조린다
花無는 十日紅이요
달도 차면 기우나니!
그래,
人本이 무너지고 全人이 실종된 세상,
三綱이 하수구로 흘러가고
五倫이 동강 난 시대,
내 어찌 그깟 계집의 말로
예서 쓰러질 것인가,

머리 꼭대기로 치솟는 핏줄기 틀어막고
바들거리는 입술을 꼬오옥 깨물고
먹고 살아야 한다는 生의 祕意에
촉촉해지려는 눈동자를 훔치려는데
아니나 다를까 때맞춰 울려 퍼지는
아아, 저 쌍노므 수업 종소리!

체통

허리띠에 구멍이 또 하나 생겼다는 건
아직 더 조여져야 할
아랫배가 남아있다는 것이다
기필코 흘러내려서는 안 될
반드시 움켜쥐어야 할
무엇인가가 남아있다는 것이다
허리띠에 조여진 허리가
점점 잘록해질 때까지
허리띠에 최후의 구멍을
뚫을 수 없을 때까지
차라리 허리가 뚫릴지언정
흘러내려서는 안 될 그것을
붙잡을 수만 있다면,
숨 쉴 겨를도 없이 조여지는
허리띠 안에서
비명을 지르다
질식한다고 해도
버티다 버티다

허리가 두 동강이 난다 해도
그러다 급기야
허리띠가 구멍을 삼키고
구멍이 허리띠를 삼켜서
달랑, 텅 빈 골반만 남는다고 해도

시를 낚다

언제,
생각이 부화할지 모르니
말들의 어망을 채비하라!
상상의 수심은 넓고 깊은 것
수면을 찰랑대는
바람의 은유는 무시하라
상징의 대어大魚는
기교의 잔입질이 사라질 때 오는 것
떡밥보다 떡밥을 움켜쥐고 있는
미늘을 주목하라
굶주린 놈이 물어야
문장의 찌가 솟구친다

외삼촌이 집을 나갔다

외삼촌이 집을 나갔다
내가 부를 세상의 호칭이
또 하나 사라졌다
가을이 저물어 갔다
음악이 전부였던 남자
술이 리듬이고
원망이 박자였던 남자
누나였던 어머니는 다행
치매 중이고
아무도 적극적으로 울지 않았다

은행잎이 날렸다
노란 세상
외삼촌의 生은 황달이었다
잘 썩어서 구린 과오였다
잘못들이 흙으로 가기 전
서둘러 부패한 은행알이었다
숙모는 웃고 있었다

멀리 누군가의 취기가
북 치는 소리로 들렸고
영정 앞에 술병들이 헌화 됐다
어머니에게 끝까지
비밀일 필요는 없었지만
제정신이 아닌 여자에게
동생의 죽음은
컵라면보다 따듯하지 않다
모든 一家는 그렇게 모였다 해산한다
이제 이 세상에 없는 사람,
외삼촌이 집을 나갔다

불법 주차된 바다

우리 동네 골목에 서 있는 바다

바퀴에서 소금 바람이 빠져나간 바다

갈매기 대신 참새들이 날아와

희검은 물똥을 싸고 가는 바다

시동을 걸어도

돛대는 펼쳐지지 않고

화물 단칸방 썩은 물 위에

허옇게 배 내밀고 떠오른 광어 새끼들

조만간 커다란 단속이 불어닥칠 바다

오래지 않아 구청에서 끌고 갈 바다

심플한 生

어떤 라이터는
밥을 먹는 입이 똥구멍에도 있어
가스를 주입하면
목숨을 조금 더 구걸할 수 있지만
싸구려 라이터의 生은 간결하다
속속들이 살펴보지 않아도
남은 목숨이
투명한 플라스틱 안으로
빤히 들여다보이는
단도직입적인 生은 얼마나 심플한가

결국엔 죽을 걸 알면서도
여기저기 살갗에 구멍을 뚫는다
바늘을 찔러대고 링거를 걸어 놓는다
CT와 MRI라는 탐지기로
혹시 모를 잔여분의 生을
샅샅이 훑는다
제7광구처럼

바닥난 가스가 훤히 들여다 보이는데도

라이터가 죽었다
아무리 흔들어도 깨어나지 않는다
라이터가 죽었음에도
담배는 놀라지 않는다
담배 또한 자기의 삶이
얼마나 짧고 가냘픈지를 알고 있다
투명한 것들은 빨리 죽는다

파킨슨氏

아버지 떠나자
어머니 파킨슨씨를 맞아들였다
예고도 없이 늘그막에 신접을 차렸다
식구들 염려를 뿌리치며
단단하게 뭉친 어머니의 망각,
파킨슨씨는 왜 하필
다 늙은 할망구에게
붙어먹는 것인지,
알 수 없는 어머니 생각들은
구름처럼 흘러 다니고
막 흘러 다니다 아무데나
똥오줌을 뭉개 놓는다

물티슈 한 장 뽑아 들지 못하고
무덤 한 채 앉혀 놓고
요양병원을 나오는데
저기 가을볕 따스한 유리창에
이마 박고 멀뚱대는 할망구 하나
파킨슨씨와 함께
히죽거리고 있는 할망구 하나

사랑의 실천

아무 일도 모른 체
거룩한 안식일이 오고
서울역에서 또다시 목사가
치마 속을 촬영하다 걸렸다
소망과 믿음,
그중 최고인 사랑,
그 적극적인 실천을 행하사
몰카生을 주셨으니
이제 그를 믿는 자
그의 천국과 복음을 경배한 자
쪼그라든 성기를 부여잡고
부활의 발기를 간증해야 한다
우리의 나아갈 성교와
우리의 나아갈 체위를
말씀의 교주,
모범과 성실의 교주,
누구도 침범할 수 없는 단상에
물구나무서서

모든 죄가 쏟아질 때까지
백 원짜리 하나에 빳따 하나
주머니 속 감춰 둔 송곳이 쪼그라들 때까지
지하철에 파종한
수억 개의 정자들이 회수될 때까지 그녀는
오늘 밤 귀갓길에도 그의 神音이
귓불에 스치운다

묻지마 관광

어디서 왔으며
어디로 가는 건지
질문하지 않고
대답하지 않는 날들은
즐거워라
일찌감치 번식을 끝낸 아저씨 아줌마들
버스 바퀴보다 크고 둥근 표정
시동을 걸어 놓은 엔진보다
더 쿵쾅거리는 가슴
그러나 관광버스 기사님이
버스에 탄 침묵들을
침묵으로 헤아리는 동안에도
묻지마라
침묵이 불편한 자들은
좌석마다 걸어 놓은 비닐봉지에
침묵을 토하라
그리고 정말이지 묻지마라
우리가 깊어가는 가을로 떠나던
얼어붙은 겨울로 떠나던
제발이지 묻지마라

남성 삼각팬티의 구조역학

삼각팬티는 중심을 잡아준다
왼쪽도 오른쪽도 아닌 한가운데
하나뿐인 거시기를 추슬러
붙잡아 준다
툭하면 이리 쏠리고 저리 쏠리는
혈기 왕성 꾸짖으며
오롯이 제 자리를 잡아준다
트렁크라고 불리는
사각팬티가 놓쳐버린 균형의 중심,
삼각으로 끌어모아
일심동체 잡아준다
대붕大鵬의 날개가 하늘을 품듯
암탉의 날개가
병아리를 싸안듯
달랑대는 중심을
두툼하게 감싸준다
속엣 것이 뿌듯하다

졸고 있는 사천왕

차창 밖으로 팔을 턱 걸쳐 놓고
질경질경 무언가 씹으며 간다
수많은 사람들의 산책길을
반으로 쪼개 놓고
모세의 기적으로 간다
능숙한 코너링과 안정된 핸들링으로
단풍길에 흙먼지 휘날리며 간다
가을 산사 불이문 지나 오르는 길
홀로그램보다 더 눈부신 계곡
깊어가는 삼라만상
생의 비의에 가슴이 저리는데
쉐보레 말리부 하나가
보드랍게 굴러간다
배기통으로 찌든 번뇌를 털어내며
악셀투지 브레이크
삼보일배로 간다
처음엔 눈을 의심했다가
에이, 무슨 설마, 하고 다시 보니

정말 그러고 간다
간다,
대가리 빡빡 깎은 중 새끼 하나가
그렇게
해맑게 간다

폐지

폐지는 나무들의 길고도 지루한 시말서다
세상의 모든 주소와
행적을 엿들은 과오가
골목의 낙엽으로 뒹구는 한때,
손수레에는
숲이 잃어버린 아침과 저녁이 가득하다
다 사용하지 못한 나무의 계절들이
누군가의 생을 달뜨게 했던 술병들과
빛의 반대쪽으로 구부러진
고철 조각들의
서슬 푸르던 날들과 섞여 있다
익명의 고무 밧줄에 포승 되어
어디론가 묵묵히 압송되는
활자 없는 내용들의 오후,
내리막길을 버티며 질질 끌려가는
폐타이어의 찰과상과
찰과상에 얹혀 실려 가는 폐지의 상관관계에 대해
침묵으로 일관하는 도시,
어쩌면 도시의 저 오래된 묵언수행은

이승에서의 마지막 서식書式이 되기 위해 떠나는
폐지들에 대한 헌사,
엄숙한 송가일지도 모른다
봉천동 어디 산비탈쯤에서나 흘러내려 왔을 법한
추억들의 집단 거류지,
벌목된 시간들 속에서 간신히 살아남은
가계와 혈통들이
재활의 의지로 뭉쳐 있는 山 623번지
고무 탄내 나는 매운 눈물 위에서
쓰레기라 찍어 놓은 낙인과 혈흔과
알리바이를 부인하며
추억들은 어떻게 수많은 과속방지턱을 넘어온 것일까
도시가 용납해준 중앙선 침범과
불손한 경적을 울리지 않는
경건한 과업을 완수한 손수레들이
세상의 골목 끝에 늘어서 있는 고물상에 던져지면
추억들은 저마다의 저울 위에 놓여
환전되지 않는 슬픔의 장식은 미련 없이 잘리고
한 끼의 밥상 같은 달이 떠오를 때까지

접히고 묶인다
다 읽혀서 가벼워진 숲의 무게들이
혹시 모를 전단지의 환생을 꿈꾸며
서둘러 폐간된
겨울 저녁 담장 높이 쌓이고 또 쌓여간다

인공지능이
사랑한다고 말할 때

인공지능이 사랑한다고 말할 때
기름 냄새가 나는 건 아닐까?
CPU가 과열되어
키스의 맞춤법이 틀리거나
포옹의 오자 탈자는 없을까?
지나치게 치밀한 연산으로
사랑한다는 고백을
놓쳐버릴지도 모른다
빅데이터가 넘쳐
과부하의 오해를 팽창하다
그녀의 새로 산 옷에
각종 기호나 공식들을
토할지도 모른다
인공지능은 인공의 팔짱을 끼고
목동의 인공 폭포쯤이나
일산의 인공호수 근처에서
그녀를 계산적으로 끌어안는다
조합된 체온과

순열 된 콧바람을
그녀의 귓속에 불어 넣으며
통계에 의한 정량 정품의
간지러움을 안겨준다
그녀는 인공지능의 티타늄 살갗을 어루만지며
자기의 2세 또한
나사와 부품으로 연결된
튼튼한 탯줄을 달고
태어날 것을 믿어 의심치 않는다
그녀는 그녀의 애인을
충전기에 꽂아 놓을 동안만 외롭다

세탁기가 되돌려 빠는 것은

언제부턴가 식구들을
세탁기 속에서만 만나고 있다
오해와 권태로 더께 진
빨랫감으로 만나고 있다
금이 간 유리그릇을
순간접착제로 붙여 놓은 듯 아슬아슬한
세탁기 속에서의 합방
가루비누의 계면활성제는
우리의 옷들을 섞어 놓으려 애쓰지만
표백이 들어 먹히지 않는
합성수지의 질긴 자존심만
덜컹덜컹 돌아갈 뿐이다
청결보다 먼지가 더 많이 달라붙는 세탁기
수평이 닳아버린 베란다 타일을
합판 쪼가리 목발로 딛고 서서
잘 우러나지 않는 땟국물을
기우뚱기우뚱 쏟아 놓는다
아이들의 귀가는 점점 늦어지고

빨래는 설정이 잘못된 헹굼과 탈수로 싱겁게 끝나고
어제보다 더 길어진 햇살이
빨래에 호의적인 표정을 지을 때
여자들의 속옷부터 널어놓는다
색색의 꽃 팬티들이, 브래지어들이
내 식구들이 아닌 듯하지만
세탁기 구석의 칙칙한 양말을 보니
여기는 내 집이 맞다
그동안 두꺼운 겨울옷에 뒤섞여
잘 보이지 않던 낱낱들이
환해진 계절 빛을 만나 비로소
제 색깔을 드러내는 것이다
처음 놓인 그 자리에서
한 발짝도 움직이지 않은
무뚝뚝한 세탁기 위에
어느덧 빨래들이 펼쳐지면
길고도 먼 하루가 속내를 탁탁 털고
축축했던 생각들이 한결 뽀송해진다
식구들이 돌아올 때쯤이면

더욱 선명해질 빨래들 꽃 팬티 위에
어디선가 살포시 날아와 앉을 것 같은
샤프란 향香의 나비 한 마리,

콘서트 7080

주한미군이 밀반출한 아이들이
무럭무럭 자라서
거위의 꿈과
내게도 사랑이 있었다고
아파트를 쿵쾅거린다

튀기라는 말은 종간種間소음이다
잡종의 시대를 순종의 혈맹으로 건너가는
상호방위조약이며
자유무역으로 담합하는
백혈구와 황혈구의 M&A다

꽃들이 농담처럼 피는 시절
한 나무에 두 개의 계절이 매달려있다
이종교배의 꿀과 향기를 빨며
벌들은 근현대사의 당뇨를 앓는다
벌통은 꿀밭이라는 초콜릿을
운명의 밀랍 속에 봉인해 놓은

벌들의 호적등본

섞인 피도 늙는다
건국이념으로 채택된 휴전국의 아이들은
자기 코를 벽돌로 짓이기고 싶었던
주문자 생산방식의
아메리카産 피노키오들이다

콘서트 7080은
불러도 불러도 끝나지 않는 노래들의 미혼모
불러도 불러도 입국하지 않는
용병들의 기억을 소환하는 접신제다
안단테로 부풀어 오르는
봄밤의 아랫배에 힘을 주며
레게 머리의 인순이가
거위의 꿈을 출산중이다

Home으로 가는 길

가난은 만루
희망은 병살타
아버지는 전략을 수립하지 않았고
어머니는 덕아웃에서 울고 있었다
형은 1루를 다 뛰어가지 못한 채
태그아웃됐고
누이들은 파울볼에 지쳐갔다
가까스로 3루까지 도달한 건 나
나는 독학으로 타법을 익혔다
삶과 죽음의 경계에서
홈으로 진입하는 수법들을 터득했다
신발이 벗겨지고
무릎이 까지도록
치고 달리고 뛰고 또 뛰었다
박수도 함성도 없었다
찬란한 서치라이트도
하이파이브해 주는 손도 없었다
지루한 무명의 시절이었다

이제 내 나이 4할 4푼 5리
그쯤의 타율이면
담담히 타석에 나서야 할 시간
어머니 나를 낳으시다 마시고
아버지 나를 기르시다 마셨지만
이제는 어떤 변칙의 구질에도
방망이를 곧추세워야 할 시간
그러나 지금 저기
삐딱하게 포물선을 그리며 날아가는
내 가계家系의 불안한 적시타

솜사탕

스스로는 1mm도 떠오르지 못하고
아무리 희망을 살찌워도
애드벌룬이 될 수 없고
솜이 된다 해도
캐시밀론의 안락함을 이길 수 없는데,
저 지나치게 부풀려진 출신성분은 아무래도
정치적 음모 같다
섬유도 아니고 기체도 아닌 것이
과자도 아니고 간식도 아닌 것이
놀이터나 공원을 떠돌며
철없는 아이들의 동심을 흔들어
호주머니를 기웃거리는 걸 보면
부드러운 껍데기의 속내가 보인다
한 줌의 설탕에서 순식간에
수천 가닥의 실타래를 뽑아내는
저 신기한 마법은
온몸의 진액을 쥐어짜
밤낮으로 고치를 짓는 누에들과

어깨가 터지도록 밀가루를 치대는
수타면을 허탈하게 한다
집중과 분산이라는
고도의 전략을 배후에 깔고
쉽사리 혀에 감기지 않는 달콤함과
달콤함 뒤에 핥게 되는
막대 손잡이의 까끌함을
둥글게 말아 쥐고 있는 솜사탕은

쭈그러든다는 것

다 마신 막걸리 통을 찌그러뜨리자
통 속에서
텅 빈 내용을 핥고 있던
알딸딸한 공기가
깜짝 놀라 비틀거린다
누르고 밟으면 쭈그러드는 것들
팽팽히 부풀어 있을 때는
생각지도 못했던 굴욕,
텅 빈 것들은 버티다 버티다
쭈그렁탱이가 되어서야
납작해진다
꽉 찼다고 믿었던 내용들이
피식피식 헛바람 소리를 내며 짜부라들 때
알콜 찬미자는 심폐소생술로
저 막걸리 통의 심장을
부풀리고 싶겠지만
나는 보았다
가슴과 등짝이 맞붙어 죽어가는

텅 빈 술통의 몽롱한 눈빛을
나는 보았다
텅 빈 막걸리 통이
거친 숨을 몰아쉬며
내부로 내부로
순순히 목 졸려 가는 것을

혀라는 당신

먹고 사느라
뭐 빠지게 힘들어 죽겠는데
따끈한 입 아랫목에 퍼질러 앉아
허구한 날 달다 쓰다
국으로 가만히나 있으면
오동통 이쁘기나 하지
이게 또 오지랖은 넓어서
어떻게나 철퍼덕거리는지
철퍼덕거리려면
낯짝이나 내놓고 철퍼덕거리든지
입술 문지방 위에
코끝 하나 달랑 걸쳐 놓고
그게 아녀, 그게 아녀,
미주알고주알
감 놔라 배 놔라
어유, 이 화상을 내쫓지도 못하고
씹어 먹지도 못하는 건
이게 그래도 가끔은

가시도 발라주고
머리카락도 골라내고
어느 마음 쓸쓸한 날은
곪은 자리 아픈 잇몸
썩썩 핥아도 주고
곰살 새살 엉덩이 흔들어 대며
자기가 좋아~ 자기가 좋아~
오뉴월 쇠불알 늘어지는 소리로
이인~ 새~앵은~
다~ 아~ 그런 거야~
사노오라면~ 조으은날도 오겠지이~
어깨 축 늘어진 몸
끝까지 집으로 끌고 오는
그 오사랄 놈의
미운 정 고운 정 때문,
그래 가 보자
너 깨물고 가 보자
꽉 깨물고 다시 한번 가 보자

왕릉일가

죽음들이 만삭으로 부풀어 오른 것을 보았다
왜 저들의 죽음은 저렇듯 높고
둥근 것일까
고요하고 낮은 곳으로의 사라짐이
죽음의 형식 같은데
아무래도 저건
죽은 자들의 의지가 아닐 것이다

이곳의 거대한 무덤들은 한결같이
생전에 세상을 관망하던
드높은 자리다
백성들은 삶이라는 꼭짓점에서 내려와
바람이나 강물로
수천 년을 흘러갔는데
저들은 아직도
높이와 넓이에 갇혀
죽음을 빠져나가지 못한다
애완견처럼 이름표를 매달고

왕가王家의 영역이라는 철책을 두르고
아직도 천한 것들과의
사주경계에 몰두하고 있다
살아서 죽은 것들은 살지 못하고
죽어서 산 것들만 남아있는 도시
도대체 어느 삶들이
납작해야 할 죽음을
저렇게 드높이 쌓아 올리는 것일까?

열락처熱樂處

자동차 앞 유리에 적혀 있는
열락처,
맞춤법이 틀렸군, 하다가
문득, 저 뜨거운 낙원의
전화번호를 누르고 싶어진다
살아서 한번도 가지 못한 열락처,
전화만 걸면 누군가
화끈한 세상을 열어줄 것만 같은
저곳은 어디에 있는 것일까
실낙원失樂園 이후
우리는 줄곧
어디를 헤맸던 것일까
광야를 떠돌며
우리가 찾아 나선 천국은
어디에 있다는 것일까
남의 자동차 전화번호를 눌러봐야 고작
차 좀 빼주세요, 일 텐데
거기다 대고 갑자기

열락처를 묻는다면,
거기다 대고 대뜸
딴 세상을 묻는다면,

공치는 날

기타 치다 시 읽다 담배 피다
하늘 보다 구름 보다
시간을 본다
점심도 보아야 하는데 볼 게 없다
비 오는 날은 공치는 날
어릴 땐 그 공이
진짜 공인 줄 알았다
노동이 잠시 쉬는 날
뱃속이 空이다
기타를 먹어도 담배를 먹어도
시를 먹어도 空이다
하늘은 언제까지 공일까
생활은 언제쯤 채워질까
통장에 숫자들이 가득하면
빈속이 채워지나
안 먹고 안 싸도 채워지나
일거리가 空으로 채워질 때
과연 생활이 공을 치며 놀 수 있을까

비가 오면 괜스레 눅눅해지고
물비린내 따라
어디 먼데 떠내려가
뒹굴고 싶다
연장으로만 썼던 몸도
눕혀주고 싶다
삼겹살도 구워 먹이고
술도 한 잔 따라주며
몸이 하자는 대로 해주고 싶다

그대는 잔다
자는 것을 깨우지 못해
나는 여전히 공을 치고 논다
그래도 뭔가 칠 수 있다는 게 다행이다
다 치고 나면
이 비가 그칠 것을 믿는다

건전지 사랑

우리는 너무 먼 입술이었다
대화도 키스도 없는 연인이었다
체온 하나 이불 삼아 살면서
서로의 자리를 넘보지도 훔쳐보지도 않는
한통속의 타인이었다
당신은 나를 만나서
나는 당신을 만나서
서로의 체위를 묻지 않는다
배려가 지나치게 둥글어서
서로의 생각이 녹슬 때까지
진물이 흐를 때까지 묻지 않는다
우리는 그렇게
불 꺼진 방에 혼자 남겨질 때나
서로의 자성磁性을 떠올려보는 존재였다

겨울이 더 깊어지기 전에
당신과 내가 더 말라 죽기 전에
사랑은 스프링으로 버티던

우리의 책임과 의무를 벗겨준다
당신은 당신의 그리움으로 방전이 되고
나는 나의 목마름으로 탈진이 될 때
사랑은 언젠가 우리 중 하나를 분실할 것이다
그리고 텅 빈 누군가의 자리에
사랑과 미움이 처음인
수줍은 건전지를 억지로 끼워 넣으며
우리의 짧고도 지루한 여름을 향해
休, 하며 손을 털 것이다
당신과 나는 마주쳐도 못 본 체할 것이다

오래된 입

배꼽에 낀 때를 파다가 알았다
너무 오래 닫혀버린 입이라는 것을
밥 끊긴 입이 굳어
때가 되었다는 것을

엄마 뱃속에서
엄마가 주시던 밥을 받아먹던 배꼽 입
그래서 배가 고프면
배꼽시계가 울었나 보다
이빨도 없는 것이
혀도 없는 것이
태어나기도 전에
제일 먼저 나를 키웠던 입이라니!

배꼽을 쓰다듬으며 다짐했다
스킨 한 방울 발라 주며 다짐했다
끼니를 거르지 말자고
배꼽이 울지 않도록
배꼽이 때가 되지 않도록,

덕혜옹주

찬란한 왕조의 끝자락에
물 빠진 옥색 고름 부여잡고
대한제국이라는 무인도에
난파선으로 상륙한 여자

아버지 고종을 독살로 잃고
어미를 잃고
남편을 잃고
자식을 잃고
잃고
또 잃고
급기야 정신을 잃더니
켄카이나다 현해탄을
산소호흡기로 노 저어
조국의 응급실에 택배 된 여자
발송자도 수취자도 없는
말소된 왕족의 번지수로 반송된 여자

초점 없는 눈동자로 써 내려간
마지막 文章,
마지막 소원,
나는 낙선재에서
오래오래 살고 싶습니다
전하, 비전하 보고 싶습니다
대한민국 우리나라

조선의 대단원,
德 없는 은혜로운 惠가 저물고
옹주翁主라는 굴욕의 존칭이 저물고
아무도 없는 왕실,
무수리 하나 없는
호위병 하나 없는
춘삼월 꽃마당 그늘진 처마 밑에서
거덜 난 종묘와 사직의 족보를 넘겨 보다
왕조의 마지막 촛불을 눈물로 끈 여자

북한産 라이터

담배 한 대 피우려 꺼낸
플라스틱 일회용 라이터
북한産이라는 상표가 눈길을 끈다
어느 지역의
어떤 노동자가 만들었을까?
그도 라이터를 켜 보며 잠시
환한 불꽃을 바라보았을 것이다
살아가는 곳과
생각의 발화점發火點은 달라도
점화點火의 법칙은 똑같은 세상,
서로가 불사르어야 할 무엇
따로 있는 것 같은데
그와 나는 지금
목젖이 껄끄러운
담배만 태우고 있다

달동네

동네가 떠나자 달만 남았다
비탈진 기억과
가파른 추억만 남았다
죽어도 달을 떠날 수 없다던 동네는
합의금이 나오자
달빛 없는 검은 구름의 날을 골라
달을 떠났다
달을 포기한다는 각서에
둥근게 둥근 게 좋은 거라며
둥근 도장을 둥글게 찍고
달이 쟁반처럼 떠오르기 전에
달을 빠져나갔다

배가 고파도
삶아 먹을 수 없는 달을
전기가 끊겨도
천장에 매달아 놓을 수 없는 달을
죽을 때까지 이고 살 수 없다며

달을 떠났다

동네가 떠나자 달만 남았다
달빛을 밟으며 돌아오던 늦은 귀가와
달빛에 젖던 이른 새벽과
달빛에 타오르던 쥐불놀이와
달빛을 돌던 강강술래만 남았다
오직 달만 남았다

백 년 동안의 고독

하루살이는 하루에
우리가 살고 싶은 백 년을 산다
우리가 아침 이불 속에서
잠이 덜 깬 눈으로
지겨운 출근을 중얼거릴 때
하루살이는 태어나 있다
우리가 마지못해 일어나
엉거주춤 오줌을 누는 사이
하루살이는 유치원을 마치고
대학을 졸업한다
세수를 하는 둥 마는 둥
구두 뒤축에 주걱을 꽂은 채
허겁지겁 현관을 나가는 사이
하루살이는 군 복무를 끝내고
첫 월급을 탄다
우리가 간밤의 술로
만사가 귀찮은 오전에
하루살이는 과장을 거치고
차장을 거쳐

전무이사를 목전에 두고 있다
우리가 점심을 먹고
커피로 입가심하는 동안
방금 전 출생한
그의 손자가 결혼식을 올린다
특별한 이유도 없이 신경질적으로
종이컵에 꽁초를 비비고
가래침을 뱉는 순간
그는 정년퇴직하여
회고록을 출간한다
우리가 사무실을 빠져나와
지난밤 과음했던
포장마차를 기웃거리는 동안
동남아 효도 관광을 다녀온 그는
낙향한 전원주택의 잔디에
물을 뿌린다
우리가 마지막 전철을 놓쳐
따따불 따따불을 외치는 동안
그는 아들 손자 며느리를 불러 모아

유언을 남긴다
우리가 자정 11시 59분 59초 직전에
만취의 손가락으로 초인종을 누르려는 순간
하루살이는 자기의 백 년을 완성해 놓고
조용히 날개를 접는다

웃음의 반대쪽

웃음은 누구나의 얼굴에
붙어 있는 것이지만
웃음의 기능을 삭제한
얼굴도 있다
웃음의 용도를 폐기한 얼굴들은
웃음의 반대쪽에 축 늘어져 있는
엄숙한 무게를 견디느라
잔뜩 일그러져 있다
웃음을 다이어트해버린
움푹한 눈두덩과
뾰족한 광대뼈에
생선 가시처럼 매달려있는 우울과 권태,
웃음을 참다 참다
하품에 섞어 흘려보내는
한스푼의 식용유 같은 끈적한 눈물만이
저곳이 오래전
사람의 얼굴이었음을 짐작게 한다
웃음 대신 분노와 절망,

짜증과 한숨을 이식한 얼굴들이
탄성을 잃은 보톡스처럼 흐물거릴 때
방금 또,
웃음의 기능을 삭제한 누군가
바튼 기침을 쿨럭거리다
근엄한 가래 한 덩이를 토해 놓는다

잠복소

겨울나무들이 복대를 두르고 있다
복대 속에는
계절의 환절통을 견디다 겹질린
나무의 요통과
서둘러 동면으로 귀가하지 못한
벌레들이 대피해 있다
잠복소는 해충으로 규정된
벌레들의 포충망,
집단 수용된 벌레들의 온갖 사연들로
나무는 배꼽이 가렵다
벌레들의 신음과 잠꼬대로
잠을 잘 수가 없다
벌레들은 안다
언뜻 보면 앞치마를 두른 듯한
다정한 보모인 듯하지만
잠복소는 겨울의 복마전임을,
봄이 오기 전
서둘러 나무를 빠져나가야만
살아남을 수 있다는 것을,

피난처를 가장한 홀로코스트
언 눈을 뜨기 전
집단학살의 잿더미가 되고야 말
악몽의 은신처

겨울은 짧고 목숨은 길다
나무는 벌레를 키워 죽이고
벌레는 나무를 말려 죽여야 한다
추위와 눈보라를 견디며
잠복소가 꿈꾸는 것은
봄의 환호가 아니다
봄은 겨울이 압송해온 해충을
쓸어 담는 곳,
꽃의 이름을 빙자한 오해들의
싹수를 자르는 곳,
머잖아 겨울나무가
복대를 풀어 헤친 자리마다
벌레들의 다비식이
절찬리에 상영될 것이다

북

내 앞에서는 그냥
당신을 울어다오
슬픔을 감추려
영정사진처럼 웃지 말고
내 앞에서는 그냥
당신을 울어다오
내용 없는 눈물이어도
눈물 없는 내용이어도
고개 돌리지 말고
가슴을 짓누르는 너럭바위 아래서
너럭바위보다 더 납작해져서
그냥 당신을 울어다오
슬픔을 분석하지 않는 나에게
눈물을 서울실하지 않는 나에게
당신의 무게를
당신의 총량을 울어다오
나는 묻지 않으니
나는 듣지 않으니
내 앞에서는 그냥

당신을 울어다오
당신의 온 목청을
당신의 온몸을 울어다오

눈의 은유

눈이 부드러운 건
나약함 때문이 아니었네
성근 뼈마디 추려내고
차갑게 굳은살 부풀린 까닭
복잡한 세상의 자리
어떻게든 쌓이고 싶은
안간힘이었네
흉측한 철조망을 감싸 안고
시퍼런 유리 조각도 껴안으려면
무릇, 가볍게 부드럽게
구부러져야지

저렇듯 눈이 흩날리는 건
짓밟힐 두려움으로 빙빙 겉도는
눈치도 아부도 아니었네
허공에서 바닥으로
아프게 떨어져 본 것들의
고독한 우회,

가장 적극적으로 너에게 가기 위한
오랜 망설임의 몸부림이었네

■ 해설

지극한 삶의, 至極한 시적 진술

이명기(시인)

언제,
생각이 부화할지 모르니
말들의 어망을 채비하라!
상상의 수심은 넓고 깊은 것

…(중략)…

굶주린 놈이 물어야
문장의 찌가 솟구친다

— 「시를 낚다」 부분

최민수 시인은 시를 산다. 그는 시인으로서 시를 쓰는 것이 아니라 시인으로써 시를 산다. 그러므로 그의 시를 읽는다는 건 그의 삶을 읽는 것이고, 그를 읽는 것이다.

아니다. 시인은 시로 말한다고 했다. 더구나 그는 시를 살았으니 시로 말한다고 해야 할 것이다.

이 당연한 말이 다시금 되새겨지는 것은, 과연 누군가 시인이란 어떤 소명을 받은 것이며 어떤 책무로 살아야 하는가 묻는다면, 이 질문 앞에 어떤 답을 할 수 있으며, 어떻게 답을 해야 하는가, 하는 것이다. 그래서 시인은 말을 거두고 대신 시를 내보이는 것이다. 그러니 시인이 시로 말할 때, 누군가는 소리의 귀를 닫고, 그 귀로 그 시의 여운을 들어야 하는 것이다.

더 멀게 이어진 길 갯벌을
저 혼자 걸어가는 마음이 보인다

…(중략)…

사람은 살아남아 있으라고
서해,
갯벌에 묶인 물 풀어 놓으면
포구의 목선 하나 가슴이 젖는다

— 「서해에 오면」 부분

어감만으로도 많은 의미로 해석되곤 하는 '결'이라는 말이 있다. 그의 탁월한 시적 상상력과 지극한 삶의 진술에 바탕을 둔 시들과 특유의 직설적인 표현으로 풍자와 해학이 돋보이는 시들과 달리 내면의 결을 오롯이 보여주는 시 가운데 하나인 위의 시가 갖는 의미는 결鍥과 결結이다.

단언할 수는 없겠지만, 시의 진정성이란 타자와의 공감을 위하여 시의 발아 점이 자연스럽고 분명해야 할 것이다. 시인의 내면 저편에서 발원한 저녁 강이 어느덧 황혼의 서해로 흘러들어, 저 먼 은하를 이루는 그 아득한 여정을 문득 결이라 부르고 싶은 것이다. 그리고 삶이라 불러도 될 것이고 어쩌면 그 지난함이 그의 시라고 말해도 될 것이다. 그러므로 그가 그 유장한 시의 도정에서 종횡으로 직조하는 시의 그물은, 시적 사유는 성글지 않고 넓고 촘촘하다. 그건 현현되는 그의 말들이 오로지 그만의 시어詩語인 까닭에, 그가 어두운 그 삶의 바닥에서 건져 올리는 시어詩魚는 싱싱하게 뒤틀린 몸부림의 흔적이 오롯하다.

무릇 인간은 무엇인가, 인간은 무엇으로 사는가, 인간은 무엇을 해야 하는가, 라는 무미건조하고 비현실적이며 뜬금없는, 기실 무용해 보이기까지 하는 이 칸트적 오랜 질문이 일생에 단 한 순간이라도 여전히 유용하다면, 시란 무엇인가, 시를 왜 써야 하는가, 무엇을 써야 하는가, 라는 물음 또한 유효할 것이다.

수많은 이들의 시의 본질에 대한 정의를 들어보면 그야말로 '시란 무엇인가' 하는 질문 자체만으로도 막막함을 느낄 때가 있는 게 사실이다. 그러나 그렇다고 아예 단서조차 희미한 것은 아니어서 가령 "시는 체험이다."라고 한 릴케를 비롯하여 "나의 시는 나의 참회다."라 말한 괴테, 그 밖에도 '시는 상상과 감정을 통한 생명의 해석이다.'라는 말들이 주는 의미를 생각해 보면 시가 생명을 얻기 위한 요건이 무언가를 짐작하게 한다. 즉, 경험으로부터 시적 대상을 이끌어낼 때, 이미 그것은 무언가 경험 이전에 시인의 마음에 솟아오른 그 무엇과 융합된 새로운 무언가로 여겨지기도 한다. 이럴 때 '그 무엇'은 시인의 시 정신, 생의 관조, 시작 방법 등을 의미할 수도 있을 것이다.

경험의 절실함은 어떤 시간의 마찰을 겪고 나서도 계속 분명하게 되살아나는 것이라고 한 릴케의 말을 떠올려본다. 그것은 바로 시인 자신에게 가장 소중한 기억을 표현해 내는 것이 중요한 것임을 깨닫게 한다. 그래서 많은 시들은 대체로 그 주체인 시인의 의식 깊은 곳에 한恨이라든가 일련의 푸념 같은 상념들을 간직하고 있기 마련인 것이다.

한 권의 시집이 이른바 한 시인의, 시의 집이 되기 위해서는 집을 일으켜 세우는 그 구조물이 튼실해야 함은 물론이다. 벽과 서까래와 기둥이 들어 올리는 대들보와 더불어, 비를 받아내는 지붕의 기울기까지, 하여 분별없는 해체와 분석이 아닌 공감하는 향수자享受者로서 시인의 그 오랜 내력을 음미하려 한다.

적확한 표현과 묘사가 의미를 아주 분명하게 전달하는 시 「위성안테나」는 지친 하루의 끝, 저무는 발코니에서 적막한 우주를 경청하는 시인의 상상력이 돋보이는 시다. 그래서 그의 상상력을 쫓아 우주의 주파수에 생의 한때를 맞추는 일은 참 아련하고, 그 일상의 한 귀퉁이에서 아직도 꿈, 소망과 같은 말들이 먼 별빛처럼 빛나고 있음을 바라볼 수 있는 것이다.

> 어둠이 깊어가는 청하 맨션 발코니에 매달려
> 적막한 우주를 경청하고 있는
> 위성 접시 안테나를 바라보고 있으면
> 머리카락들이 초고속 光섬유처럼 쭈뼛거리고
> 나는 단박 화성이나 목성을 향해
> 날아가는 듯하다 하루 종일

…(중략)…

은하수들의 저 빛나는 집회는
지상에서 버림받은 소망들의 오랜 단결만 같다

…(중략)…

언젠가 북경반점에서 배달된 탕수육 그릇처럼
둥글고 오목한
위성 접시 안테나를 바라보고 있으면
지난날 해맑은 꿈들과
이제는 지쳐버린 희망이
수신되지 않는 주파수로 몸 밖을 떠돌아다닌다

—「위성 접시 안테나를 바라보고 있으면」 부분

역시 그의 능숙한 시적 표현이 여지없이 명징하게 드러나고 있는 시, 「비에 젖은 지구의地球儀」를 보면, 그가 빗속에서 구해온 지구는 한순간 시인의 전 인류애적인 성정을 보여주고 있다. 무릇 시인의 사고는 무한 확장된 영역의 존재자인 것이다. 이른바 형식적 상상력과 물질적 상상력 중 전자에 속할 수 있는 이 시는 '살아온 생애와 수많은 뒤척임'들을 제 몸에 적어 놓은 그의 다른 시 「조개의 연륜」에서처럼 그야말로 온몸으로 떠밀 듯 삶을 살아온 시인의 생의 기록에 다름 아닌 것이다.

옆집이 이사 가며 골목에 내다 버린
종이로 만든 모형 지구
비를 맞고 있다 북극과 남극이 뒤집힌 채
쓰러져 있는 지구
똑바로 세워 놓고 들여다보니
로키산맥이 심하게 부풀어 있다
알래스카 부근에서 멕시코 쪽으로 길게 이어져 내린
北아메리카의 거대한 병풍이
몇 리터의 빗방울에 쪼글쪼글해진 것이다

…(중략)…

한반도 중간쯤에 진흙이 엉켜 있고,
유럽과 아프리카 아시아가 서로 얼굴을 맞대고 있는
베들레헴 쪽에서 바라본 지중해만
간신히 뽀송하다

…(중략)…

구석구석 물기를 닦아낸다 드라이기의 훈훈한 열풍으로
부풀어 오른 산맥들을 다독이며 가라앉힌다

가난과 전쟁으로
몇 개의 나라가 사라지고
이름이 뒤바뀐 사실도 모른 채
남반구의 한가운데 구멍이 뚫려 허전한
낡고 오래된 모형 지구
나사가 느슨해진 자리들을 꼼꼼히 조여 놓았지만
비에 젖어 덜그럭거리는 중력重力은 좀처럼
팽팽해지지 않는다

—「비에 젖은 지구의地球儀」 부분

이번 시집의 표제작 「꿈꾸는 것들은 뇌사가 없다」를 보면, 지극한 시적 삶의 진술 내지는 지극한 삶의 희망을 느낄 수 있다. '짜디짠 생활의 손아귀' '캄캄한 어둠을 일구던 저녁' '고단한 싸움' 그리고 '나비와 벌들과의 즐거운 한때'와 같은 표현들 때문이다. 하지만 시인이 전편에 걸쳐 '생활'이라는 말을 여과 없이 드러내는 시는 '공치는 날'과 이 시에서인데, 굳이 말하자면, 어쩌면 평소 드러내되 드러내지 않으려는 시인의 일상적 염결성을 생각하게 하는 단면이기도하다. 또한 그의 시는 어느 것을 보아도 결구의 '결기決起'를 만나게 되는데, 이는 감히 말하건대 그가 어떠한 경우에도 낙담하거나 좌절하지 않는, 근원적인 시 정신을 견지堅持하고 있는 시인임을 증언하는 것이다.

무를 썬다
채칼에 찢겨 나가는 몸통
시뻘건 고춧가루에 버무려져
상처가 쓰리다 뭉텅뭉텅,
머리만 남아 있다 그러나
짜디짠 생활의 손아귀 밑반찬이 부족해도
머리는 토막 내지 않는다
삼켜버리기엔 너무나 단단한
추억의 창고

그곳에 무의 뿌리가 있다
싱그러운 햇살의 아침,
캄캄한 어둠을 일구던 저녁이 있다
해충들과의 고단한 싸움,
나비와 벌들과 즐거운 한때도 고여 있다
그 잊을 수 없는 날들의 힘으로
무의 머리는 푸르다

접시 물에 무의 머리를 담가 놓는다
볕 바른 창문 아래
푸근한 단꿈의 자리를 깔아 준다
오래지 않아 무는 싹을 틔울 것이다
찢겨 나간 쓰린 자국의 몸통을

활짝, 열어젖힐 것이다

— 「꿈꾸는 것들은 뇌사腦死가 없다」 전문

그의 또 다른 시 「불안한 절약」은, 간결하지만 어느 시보다도 일상의 배면에 시인의 정제된 시 의식이 맞닿아있어 절대 공감을 불러일으키고 있다. 시인이 의도하는 절대적 의미가 타인에게 전달되는 것이 바로 시의 보편성이다. 끊임없이 시인의 의식에 반영되는 경험은, 곧 안과 밖의 일상적 교류이다. 결국 시는, 시인의 경험과 내면에서 발아된 자전적 고백이 아닐 수 없다. 그러므로 가급적 시는 대상에 대한 구체적 의미여야 하며, 시인에게 시적 사고란, 대상 또는 그 대상이 의미하는 것의 본질에 대한 보다 더 근원적인 이해가 바탕이 되어야하는 것이다.

우리가 토해낸 오물들이
산봉우리처럼 솟아오른 쓰레기봉투에
똥 기저귀 하나를 마저
꾸역꾸역,
쑤셔 넣는 여자
바라보는 내 눈이
지레 터져버릴 것 같은 순간,
휴, 하며
탁탁 손을 터는 여자

나는 저 능숙한 솜씨에 경의를 표한다
저 경지에 이르기까지
얼마나 많은 한숨과
찢겨 나가는 봉투의 고통을 함께 했을까
아내의 불콰해진 손끝에서
몇 닢의 동전이 반짝인다

— 「불안한 절약」 전문

그리고 시인의 일생의 전모를 다 알아챌 것만 같은 시, 「공치는 날」의 그 생의 막막한 자서전적 술회, 공친다는 건 무언가 당연히 공空하다는 의미일 테지만, 그 공이 어딘가에 부딪히면 부딪친 충격만큼 반응하는 그 공인 줄 알았던 때, 그때는 과연 행복했었는지 문득 묻고 싶어진다. 왜일까, 대저大抵 지난함의 대물림이란 것이 그렇게 수월하게 끝을 보이는 것이 아님을 아는 까닭이다.

비 오는 날은 공치는 날
어릴 땐 그 공이
진짜 공인 줄 알았다
노동이 잠시 쉬는 날
뱃속이 空이다

…(중략)…

하늘은 언제까지 공일까
생활은 언제쯤 채워질까
통장에 숫자들이 가득하면
빈속이 채워지나

…(중략)…

—「공치는 날」 부분

「거기, 거기가 어딘가?/여기도 아니고 저기도 아닌/어머니의 거기는 어디인가?」 너무나 멀고 먼 극진한 모성의 기억으로 거기를 떠올리며 읽는 이를 먹먹하게 하는 「바로 거기」와 「전자동 세탁기 옆 구석에/줄 끊어진 가야금처럼 서 있는/빨래판/골 깊은 주름 사이/비누 쪼가리 하나 박혀 있는」 「빨래판」과 같은 시들은 그야말로 시인의 존재를 지탱하는, 힘의 근원일 것이다. 그는 「李箱의 房」에서 「世上愛」와 같은 시를 통해 세상의 남루를 말하지만 결코 그 시간 속에만 머물러 있지 않고, 현재적인 일상을 시적 상상력을 바탕으로 절제된 정서를 통해 결기의 시인답게 보여주고 있다.

「인공지능이 사랑한다고 말할 때/기름 냄새가 나는 건 아닐까?」 라고 인공지능과의 가상 유대를 말하고, 상당히 질타적인 「사랑의 실천」을 말하고, 앞서 언급한 것같이 적확한 묘사가 돋보이는 「왕릉일가」와 「차창 밖으로 팔을 턱 걸쳐 놓고/오물오물 무언가 씹으며 간다/수많은 사람들의 산책길을/반으로 쪼개 놓고/ … /가을 산사 불이문 지나 오르는 길/홀로그램보다 더 눈부신 계곡 길/깊어가는 삼라만상/생의 비의에 가슴이 저리는데/쉐보레 말리부 하나가/보드랍게 굴러간다」 「졸고 있는 사천왕」과 같이 현실의 부조리를 직시하는 것이다.

시가 이렇듯 사실적 진술임에도 이른바 시적 여운을 지닐 수 있는 것은 바로 시의 본령과도 같은 삶에 깊이 천착하는 시인의 진지한 자세에 기인하기 때문일 것이다. 이것이 곧 시와 시인에 대한 타자의 믿음일 것이다. 그러므로 그는, 그의 시는, 굳이 무엇을 말하려 하지 않아도, 말하고 있어도, 결코 시와 삶으로부터 비켜서지 않는 것이다.

최민수 시인의 시작 형태는 참 다양하다. 내면의 결이 오롯이 느껴지는 서정과 매우 독특한 상상력이 돋보이는 시들이 있는가 하면 마치 진술에 가까울 정도로 현실적인 감각을 바탕에 둔 자전적 일상시를 포함하여 소위 시의 전범典範이라 할 수 있는 풍자나 해학이 넘치는 직설적인 언술의 시들이 전방위로 서로 소통하고 있다.

그의 시는 소통이 부재하는 문장을 용납하지 않는다. 그러므로 그는 오랜 시간 시를 통해 내적으로 다져진 성찰로 무엇보다 이 시대를, 현실을 간파하는 시인의 자세를 분명하게 보여주고 있는 것이다. 무릇 시인은 무언가에 의해 만들어지는 것이 아니라 스스로 만들어지는 것이다. 그러니 시인이 내보이는 시 또한 응당 어쩌다 태어나는 것이 아니라 이미 존재하는 그 무엇이 시인을 통해 시의 형태로 발현되는 것일지도 모른다. 물론 그 드러남의 과정은 인고忍苦의 세월이 필요할 것이다. 그리하여 시인은, 그 자신과 그를 시인으로 기억하고 있는 모든 지난 것들과 담담히 조우하며 세월 앞에 그렇게 서 있을 수 있는 것이다. 그리고 또 우리는, 굳이 서로의 슬픔을 묻지 않는 그 세월 속에서 어디론가 하염없이 흘러가고 있는 것일 것이다.